KB028875

한들한들

나태주

1971년 서울신문 신춘문예에 시가 당선되어 시인이 됐다. 1973년 첫 시집 『대숲 아래서』 이후, 『막동리 소묘』, 『신촌엽서』 등 38권의 시집을 냈으며, 산문집으로 『풀꽃과 놀다』, 『사랑은 언제나 서툴다』, 『꿈꾸는 시인』 등 10여 권을 냈다. 동화 집으로 『외톨이』, 시화집으로는 『사랑하는 마음 내게 있어도』 등을 냈다. 받은 상 으로 흙의 문학상, 충청남도문화상, 편운문학상, 정지용문학상 등이 있으며, 근 작 『꽃을 보듯 너를 본다』, 『가장 예쁜 생각을 너에게 주고 싶다』, 『마음이 살짝 기운다』 등이 있다. 39번째 신작 시집으로 『그 길에 네가 먼저 있었다』가 좋은 반 응을 얻고 있다.

한들한들

개정판 펴낸날 2019년 4월 5일
개정판 3쇄 펴낸날 2020년 1월 15일

지은이 나태주
펴낸이 주계수 | **편집책임** 이슬기 | **꾸민이** 김소은 유민정

펴낸곳 밥북 | **출판등록** 제 2014-000085 호
주소 서울시 마포구 양화로 59 화승리버스텔 303호
전화 02-6925-0370 | **팩스** 02-6925-0380
홈페이지 www.bobbook.co.kr | **이메일** bobbook@hanmail.net

© 나태주, 2019.
ISBN 979-11-5858-534-1 (03810)

※ 이 도서의 국립중앙도서관 출판시도서목록(CIP)은 e-CIP 홈페이지(http:// www.nl.go.kr/cip)에서 이용하실 수 있습니다. (CIP 2019010169)

나태주 시집

한들한들

시
나
브
로

소낙비 내리듯 벚꽃 떨어지듯 쏟아진 것이 아니라 이슬비 내리듯 가랑비 내리듯 한 잎씩 두 잎씩 누군가의 가슴속으로 떨어져 내린 꽃잎, 꽃잎.

감사한 일이지요. 제법이나 오래전에 찍은 시집을 다시 찍는다 그러네요. 고마운 일이지요. 내가 한 일이 아니에요. 누군가에게 가서 꽃잎이 된 셈이에요.

누군가의 사랑이 모이고 모여 조그만 시내가 되고 강물이 된 것이지요. 누군가의 마음이 모이고 모여 조그만 길이 된 것이지요. 다시 사랑이 된 셈이에요.

그 길 위에 나도 같이 갑니다. 손을 잡고 어깨 기웃거리며 함께 갑니다. 시나브로, 시나브로 떨어지는 꽃잎을 받아 마음속 차곡차곡 보석으로 간직합니다.

한들한들

미세먼지로 눈이 아프고 숨이 막히는 봄날. 그래도 당신이 있어 보고픈 사람, 자다가도 문득 생각나는 사람, 당신이라도 있어 잠시 다행이에요. 부디 당신도 그러시나요?

2019년 봄의 언덕에서

나태주 씁니다.

목차

2장

[인장] 풀 꽃

나 태 주

자세히 보아야
예쁘다

오래 보아야
사랑스럽다

너도 그렇다!

2008. 7. 18
나태주 지음 시를
나태주가 썼습니다. [인장]

1장

어린 봄

어린 봄은 나뭇가지 위에
새 울음 속에

더 어린 봄은
내 마음 위에

오늘도 나는 너를 바라보며
이렇게 울먹이고만 있다.

조용한 날

나는 네가 좋은데
너도 내가 좋으냐!

하늘 구름에게 말해보고
화분의 꽃들에게도 물어본다.

제발

목숨을 달라면
선뜻 못 주겠지

그러나 네가 달라 그러면
무엇이든 줄 수 있다
하나밖에 없는 것이라도
줄 수가 있다

아직은 때가 아니니
목숨만은 제발
달라 그러지 말아다오.

허튼 말

이 세상에
나 없다고 생각해봐

그때 네가
얼마나 힘들겠어?

그때를 생각해서
미리부터 잘 해둬

가끔은 허튼 말로
으름장을 놓기도 한다.

감사

살아서 숨 쉴 수 있음에 감사
너를 만날 수 있음에 감사
목소리 들을 수 있음에 또다시 감사
사랑할 수 있음에 더욱 감사

하나님한테 용서받을 수 있음에
더더욱 감사.

사랑

오래 함께 마주 앉아서
바라보는 것

말이 없어도 눈으로 가슴으로
말을 하는 것

보일 듯 말 듯 얼굴에
웃음 머금는 것

그러다가 끝내는 눈물이 돌아
고개 떨구기도 하는 것.

앵초꽃

바라보기만 해도
가슴이 아프고

생각만 해도
눈물 맺혔다

도대체 너는
어디에 숨었다가

이제야 내 앞에
나타난 것이냐……

안아보기도 서러운
내 아기 내 아씨.

아침의 생각

하늘이 내게 그러실 리가 없다
땅이 또 내게 그러실 리가 없다
숨도 잘 쉬게 해주실 것이고
잠도 잘 깨게 해주실 것이다
분명히 좋은 하루를 마련해 주실 것이다

하물며 내가 사랑하는 자
너한테서랴!

찻집

부질없어라

사랑했던 마음이여

더욱 부질없어라

가슴 뛰놀던 많은 시간들, 곡절들이여

나는 지금 멀리 떨어져 나와

바다가 보이는 창가에 오직

혼자서 차를 마시는

사람일 뿐

다만 두 손 안에 쥐어진

찻잔의 사기그릇

따스한 그 맨질맨질

부드러움만이 오직 친구요

위로일 따름

유리창 너머로 가로수 하나씩

나뭇잎을 떨군다

아, 나는 어디로 떨어져야 하나?

내일도

날마다 보고 싶다

다만 그립다

날마다 생각난다

안절부절

내일도 그럴 것이다

다만 잊지 않을 것이다.

여러 날

마음을 보여줄 수 없어

시를 보여주고

여러 날

마음을 다 줄 수 없어

선물을 고른다

오래오래

오해 없었으면 좋겠다.

휘청

너를 보면

볼 때마다 휘청!

비틀거린다

쓰러질 듯 쓰러질 듯

쓰러지지 않는

피사의 사탑

그런 나를 보고 너는

저의 미모에 반해서

그런 거라며 농을 놓는다

또다시 휘청!

마음속 바다가

한쪽으로 기운다.

새해

아무리 나이를 먹어도
너는 어린 것
다만 안쓰럽고 가여운 아이

그런 마음을 위해
어린 장미는 피어나고
아버지도 있고 딸도 있을 것임

문득 세상이 새롭게 밝아온다.

근황

요새
네 마음속에 살고 있는
나는 어떠니?

내 마음속에 들어와
살고 있는 너는 여전히
예쁘고 귀엽단다.

첫눈 같은

멀리서 머뭇거리기만 한다
기다려도 쉽게 오지 않는다
와서는 잠시 있다가 또
훌쩍 떠난다
가슴에 남는 것은 오로지
서늘한 후회 한 조각!

그래도 나는 네가 좋다.

모를 것이다

조금은 수줍게
조금은 서툴게
망설이면서 주저하면서
반쯤만 눈을 뜨고 바라본 세상

그것이 사랑인 줄
너는 지금 모를 것이다

나중에도 또 나중까지도
알지 못할 것이다
세월이 많은 것들을
데리고 갔으므로.

시로 쓸 때마다

지구는 우주 속에서
하나밖에 없는
푸른 생명의 별

나는 또 지구 가운데서도
한국이라는 나라에 사는
시 쓰는 한 사람

너는 또 내가 사랑하여
시로 쓰기도 하는 오직
한 사람 여자

내가 시로 쓸 때마다 너는
나의 푸른 중심이 되고 끝내
우주의 중심이 되기도 한다.

야생화

마주 앉아만 있어도
열리는 풍경

생각만 해도 마음속에
흐르는 강물

두 사람 사이
두 사람 사이에

눈 감고 아무 말이 없어도
오가는 이야기

바라보기만 해도 글썽
눈물 고이던 날이 있었다.

- 야생화 연구가 백승숙 여사를 위하여.

제비꽃 옆

또다시 봄 좋은 봄

죽었다 살아난 구름

날름 혓바닥 내밀어

새하얀 솜사탕 한 점 베어 물고

오늘은 제비꽃 속으로 들어가

잠이나 청해볼까?

제비꽃은 진보랏빛

심해선 밖 바다 물빛

별빛 이불 덮고 잠이나 청해볼까?

오소소 추워라 잠이 오지 않는 밤

나도 내일엔 집 한 채 지어야겠다.

그냥 낭만

낭만, 그냥 낭만

국적 없는 낭만

떠돌이 낭만

조금은 떨리고 조금은 서럽고

조금은 기쁘기도 한 낭만

지절거리는 아침 새소리가 되고

반짝이는 한낮의 시냇물 되고

저녁에는 또 날리는 꽃잎이 되기도 하겠네

이것도 너한테서 받는 하나의 선물.

부탁

인제는 아무 일도 하지 않고
앉아만 있는 것도 나의 소일
누군가를 그리워하고 생각하는 일도
나의 중요한 과업
어느 날 나 혼자 있는 거
아무 일도 하지 않고 앉아만 있는 거
그대 문득 보거든
왜 그러느냐고
왜 그러고만 있는 거냐고
채근해 묻지 말기를 바란다.

눈빛

눈빛이 달라졌다 그러지

짐스럽다 그러지

사람을 뚫고 지나가는 눈빛

사람 마음을 후비는 눈빛

더러는 사람을 끌어당기는 눈빛

가운데서도 나의 눈빛은

울면서 매달리는 눈빛

왜 안 그러겠니?

늘, 오늘 이것이 마지막이다 싶은데.

매직에 걸리다

버르장머리 없게 또 반말이다 반말
음, 음, 응…
기분이 좋아지면 더 심해지는 반말
그래도 기분이 나쁘지 않다
너의 반말은 하나의 신세계

반듯한 경어가 수직의 언어요
의사소통이요 하나의 거래라면
버르장머리 없는 반말은 수평의 언어요
감정의 공유이거나 소통, 나아가
사랑이거나 믿음이거나 감동 그 자체

그래, 그래, 네 멋대로 하려무나
음, 음, 응…
그래서, 그래, 그랬는데
너의 반말을 들으며 점점
기분이 좋아지는 나는 또 뭐냐?

찻잔에

반쯤 비어있는 찻잔에
흰 구름을 가득 부어
마시면 어떨까?

더 많이 비어 있는 찻잔에
새소리며 바람 소리를 채워
마시면 어떨까?

일찍이 물이었던 나
바람이고 새소리이고
수풀이었던 너

점점 몸과 마음이 가벼워져서

하늘 위에 둥둥 떠오르겠지

우리들 사랑에서도

새소리가 들리고 수풀을 흔드는

바람소리라도 들리면 어떨까.

별, 이별·1

운명은 언제나 빗나가기 마련이지만

별은 언제나 있고 반짝이기 마련이다

구름 너머 햇빛 너머 오직 어둠에 갇혀서만

존재를 밝히기 마련인 사랑

인간의 어리석음과 뜨거움

그리고 차가움

하루만 잊고 살아도 깡그리 낯설어지고

이틀이 지나면 더욱 멀어지다가

제가 생각 내키면 언제든

칼날처럼 날카로운 눈빛으로 나타나

나 여기 있어요 왜 몰라보시는 거예요

채근하는 개구쟁이 귀여운 아이

너무나도 늦게 당도한 이브여
독충의 애벌레처럼 말랑말랑
귀여운 손가락이여 발가락들이여
한 마리 뱀처럼 재빠르고도 교활한
몸뚱아리여 사랑스런 문신이여

올 것이 드디어 온 것이다
와야 할 것이 오는 것이다
그나저나 보지 못해서 어쩌나?
짠득한 그 목소리 듣지 못해 어쩌나?
오랫동안 나의 별은 숨조차 쉬지 못하고
어둠 속에 눈빛조차 빛내지 못할 것이다.

별, 이별·2

못생긴 것이
못생긴 것이

저렇게도 못난 것이
그래서 귀엽고
사랑스럽던 것이

날마다 반짝이고 있었고
우리는 또 날마다
멀어지고 있었구나.

별, 이별·3

참 이상도 하지
네가 빵을 먹고 싶다 생각하면
내가 배가 고파져서
고대 밥을 먹었는데도
빵집에 가서 빵을 산다

금방 구워낸 빵
될수록 부드럽고 촉촉하고
향기로운 빵
네가 먹고 싶어 하는 바로 그 빵이다

참 이상도 하지
네가 멀리서 찔끔 내 생각을 조금 해주면
나는 더욱더 멀리서
네 생각을 하면서
훌쩍이기 시작한다

나의 눈물은 드디어 유리구슬

쉽게 깨어져서

사라지는 유리구슬

하늘로 날아가 하나하나

별이 된다

너의 창가에 밤마다 찾아와

반짝이는 별이 있다면 그것은 또

하나하나 나의 외로움과

눈물인 줄 알 일이다.

한들한들

어제의 일

그러게 말이야 그것도 모르고

허탕 쳤지 뭐냐

어제 너 머리 잘라

깎은 밤톨같이 예뻤단다

더 오래 보지 못한 게

어제의 아쉬움이랄까.

노트: 어제 하루 별 탈 없이 아쉬움 없이 보낸 하루. 아침에 생각해보니 어제도 너를 더 오래 보아두지 못한 게 아쉽고 섭섭해. 겨우내 치렁했던 머리칼 오는 봄과 함께 싹둑 잘라낸 산뜻한 모습. 물에서 금방 건져낸 조약돌 같았다 할까. 깎은 밤톨처럼 새하얗고 야무지던 너의 모습. 오래 보지 못하고 해가 저물고 헤어진 것이 마냥 안타까워. 이렇게 우리는 안타깝게 헤어지면서 날마다 죽어가네 살아간다네.

전화

별일 없니?

네

별일 없어?

네, 없어요

정말 별일 없니?

아무 일도 없다니까요

정말 별일 없는 거니?

네, 별일 있어요

뭔데?

자꾸 이렇게 전화 걸고 그러시는 거.

눈부처

내 눈 속에 네가 있고
네 눈 속에 내가 있다

호수가 산을 품고
산이 또 호수를 기르듯

네 맘 속에 내가 살고
내 맘 속에 네가 산다.

하루만 못 봐도

하루만 못 봐도
너 지금 어디서 뭐 하고 있니?
붉은 꽃을 보고 말하고
하얀 꽃을 보고 말한다

붉은 꽃은 보고 싶은 마음
하얀 꽃은 그리운 마음
네 앞에 있는 꽃을 좀 봐
꽃 속에 내 마음이 있을 거야

너 지금 어디서 뭐 하고 있니?

기도의 자리

눈물 나리
하늘의 별 하나 밤을 새워
나를 보고 반짝인다
생각해봐

눈물 나리
어딘가 나 한 사람 위해
누군가 울고 있다
생각해봐

처음부터 기도는
거기에 있었다.

미루나무

바람 부는 날에도
흔들리지 않음은
마음속에 네가 들어와
살기 때문

아니지

바람 불지 않는 날에도
혼자 몸 흔들며 울고 있는
키 큰 미루나무 한 그루
키우고 있기 때문.

사랑의 힘

어찌 세상의 모든 바람과 구름을
가둘 수 있으며
세상의 모든 강물과 산맥과 꽃들을
옮길 수 있단 말이냐

보시기에 좋았더라!
하나님 일찍이 하신 말씀
오늘 나는 한 말씀 보탠다
그 음성이며 웃음소리
듣기에도 매우 좋았더라!

스스로 선물

너를 사랑하여 나는
마음이 많이 가난해지고
때로 우울하고 슬프기까지 하다

기다리는 시간이 많아졌고
고개 숙여 혼자서 하는
생각 또한 많아졌다

그렇다 해도
그것이 정녕 그렇다 해도
어쩔 수 없는 일

아침 해가 갑자기 눈부시고
저녁에 지는 해가 문득 눈물겨워지고
아침 이슬이 더욱 맑아 보인다는 것!

그것은 보통의 일이 아니다
그것은 오로지 너를 사랑하여
스스로 받는 마음의 선물이니까.

꽃나무 아래

1
어느 강을 건너서
다시 너를 만나랴
어느 산을 넘어서
우리 다시 사랑하랴

가지 마 가지 마
꽃 피는 나무 아래
나 혼자 두고 가지 마
제발 가지 마라.

2

꽃 지는 나무 아래

내 이름 부르지 마요

가슴 아파 갈 길 못 가요

누군가 또 조그만 목소리로

흥얼거리고 있다

나 같은 사람 다시는

만나지 못할 거예요

그럴 거예요.

어린 시인에게

너를 사랑한다
너를 사랑함으로
네가 여기보다 더 좋아하는 곳으로
홀로 떠남을 허락한다

더욱 너를 사랑한다
더욱 너를 사랑함으로
네가 나보다 더 사랑하는 사람들과
더불어 살아감을 기뻐한다

한 가지 부탁은 나 없는 하늘

땅 위에서 살면서

가끔은 나도 기억해 달라는 것!

밤하늘을 우러를 때 거기

눈물 어린 별 하나 있거든

아직도 너를 사랑하는

내 마음이거니 짐작해다오.

누군가 울고 있다

누군가 울고 있다
나무 건너편
나무 더 건너편에서

산수유 꽃이 폈다고
이슬비 봄비에
산수유 꽃이 젖는다고

누군가 따라서 울고 있다
나무 이편
나무 더 이편에서

매화꽃이 진다고
이슬비 봄비에
지는 매화꽃도 젖고 있다고.

송별·1

보고 싶어 어쩌나
그 목소리 웃음소리
듣고 싶어 어쩌나
꽃들이 모두가 너의 얼굴
새소리 물소리가
모두가 너의 음성

바람이여 바람이여
내 말을 좀 전해다오
별빛이여 별빛이여
그의 발길 비춰다오
나 여기 잘 있다고
내 말 좀 전해다오.

송별·2

그래도 마음이 있었다면
정다운 마음 좋았던 마음
때로는 그리운 마음이라도 조금 남았다면
가면서, 가면서 뒤돌아보아질 거야

그렇지만 말이야
가는 사람은 가는 사람이고
남는 사람은 남는 사람이란다
까닭이나 핑계가 따로 있을 수 없지

외롭고 아프고 쓸쓸한 것도 말이야
그것도 그 사람 몫일 뿐인 거란다.

벚꽃 이별

하늘 구름이 벚꽃나무에 와서 며칠

하늘 궁전이 되어서 또 며칠

부풀어 오르던 마음

세상을 다 가진 것 같은 마음

사랑이었네 그것은

나도 모르게 사랑이었네

바람 불어와 하늘 궁전 무너져 내려

꽃비인가 눈인가 날리는 마음

잘 가라 잘 살아라

나는 울어도 너는 울지 말아라

별이 되어 꽃이 되어

만날 때까지 우리 다시 그때까지.

별것도 아닌 사랑

사랑 그것, 별것도 아니다

어색하게 손을 잡고 있을 것도 없이
다만 한자리 마주 앉아
가볍게 이야기를 나눈다든가 웃는다든가
그러다가 두 눈을 마주 보며 눈물 글썽이기도 하는 것
그보다 더 큰 것이 아니다

사랑 그것, 멀리 있는 것도 아니다

온다고 하고는 쉽게 나타나지 않는 시간
지루하게 기다리면서 가슴 졸인다든가
문득 네가 문을 열고 얼굴 내밀 때
가슴 덜컥 내려앉으면서 반가운 마음
그것에 더가 아니다

혼자 길을 가다가 구름을 보았다든가
바람에 몸을 흔드는 나무를 만났다든가
빈 하늘을 그냥 멍하니 우러를 때
까닭도 없이 코허리가 찌잉해지면서
눈물이라도 번진다면 그것이야말로
가슴속에 사랑이 집을 지었다는 증거

그렇다면, 그렇다면 말이다
사랑 그것은 별것이 아닌 것도 아니다.

그리고

다시는 만날 수 없다는 것
얼굴도 보지 못하고
목소리도 듣지 못한다는 것
웃으며 이야기 나누지도 못하고
음식도 함께 먹을 수 없다는 것
악수도 하지 못하고
머리칼도 쓸어줄 수 없다는 것

그리고
그리고

보고 싶은 마음도 조금씩 작아지고
생각까지도 흐려지고 말 것이라는 것
그것을 또 못내 슬퍼하는 것이다.

한들한들

2018. 11. 19 먼 곳 산 소나무
대관령에서 나온 후 奎

사랑에 답함

나태주

예쁘지 않은 것을 예쁘게
보아주는 것이 사랑이다

좋지 않은 것을 좋게
생각해 주는 것이 사랑이다

없은 것은 참아주면서
처음만 그런 것이 아니다

나중까지 아주 나중까지
그렇게 하는 것이 사랑이다.

2장

동행

어머니는 언제 죽나?

내가 죽을 때 죽지.

행복

어제 거기가 아니고
내일 저기도 아니고
다만 오늘 여기
그리고 당신.

두 사람

좋은 사람이라면
말이 필요 없겠지요

더 좋은 사람이라면
나도 필요 없겠지요

벌써 그 사람이
나일 테니까.

인생

살아보니

별거 아니다

탁!

그래도 좋았어.

동백

반쯤만 보고
훔쳐보고
그리고도 남긴
부끄러움

진홍빛 이별.

시·1

만나기는 한나절이었지만
잊기에는 평생도 모자랐다.

시·2

온몸을 인생에 적셔
그 붓으로 꿈틀꿈틀
몇 마디 되다 만 문장.

그 집

버려진 풀꽃조차
의미를 얻고
지나는 바람조차
주인이 되는 집

공주, '루치아의 뜰'.

루치아의 뜰:
공주 구시가지에 한옥을 개조하여 만든 석미경 여사의 전통찻집.

예쁜 꽃

당하고 말지
참고 말지
욕먹고 말지

그랬더니 마음속에
꽃들이 피어났다

당하고 핀 꽃보다
참고 핀 꽃이 더 예쁘고
욕먹고 핀 꽃이 더욱 예뻤다.

등꽃

밤에는 더욱
짙은 몸 내음으로
누군가를 유혹하는
농염한 아낙네

해 밝은 날에는
안 그런 척
고개를 외로 꼬면서
보랏빛 비단 치맛자락
끌면서 이리로 온다.

시·3

너 자신을 너의 감옥에서 탈출시켜라

사랑의 감옥 아름다움의 감옥

행복의 감옥에서 불러내라

색깔이나 소리의 감옥에서도 끌어내라

검정색은 암흑이고 백색은 광명이라는 따위의

오해와 속박에서도 해방시켜라

우선 너의 말에게 자유를 주라

그 말이 뛰는 말이면 초록빛 들판을 선물할 일이고

입에서 나오는 말이면

하늘빛 상상력을 먹이로 줄 일이다

다 같이 시가 될 것이다.

시·4

세 살짜리 어진이 손자 아이 어진이
민들레 꽃대궁 홀씨 꽃대궁
꺾어 들고 호호 불어
멀리멀리 날려보낸다

나의 시여
어진이의 마음이여
가벼워질 대로 가벼워진 다음엔
너도 멀리 떠나라

민들레 홀씨처럼
나 모르는 곳까지 가서
돌아오지 말거라
니들끼리 잘 살거라.

시·5

산문은 100사람에게
한 번씩 읽히는 문장이고
시는 한 사람에게 100번씩
읽히는 문장이라는데

어쩔 거냐?
시가 나에게 묻는다.

시인

주름이 많은 애벌레

주름마다 슬픔과

외로움이 새겨져 있다.

— 시집 『자전거를 타고 가다가』에 실린 「늙은 시인」이란 작품을 개작.

시집에 싸인

하늘 아래
첫 사람을 위하여

세상 끝날까지
변함없을 사람을 위하여

땅 위에서 오직
한 사람만을 위하여.

해후

음식도 좋고
유리창 밖 나무들도 좋은데
선생님은 더 좋아요
네가 웃으며 말했을 때 나는
조그만 소리로 말했다
살아서 다시
만날 수 있어서 좋구나.

이기심

병원에 가면
감사한 마음

장례식장에 가면
더욱 감사한 마음

아직은 내가 아니기에.

백매

매화는 매환데 백매화
아직도 추운 계절에 저 혼자
새하얀 블라우스 차림

매운 향기 머금고 그래도
차마 울지는 못한다.

- 김애란 피디를 위하여.

저녁에

저녁에 잠든다는 건
내일의 소망을
가슴에 안는다는 일이고

오늘의 잘못들을
스스로 용서하고
잊는다는 것이다.

한들한들

5월

예쁘지 않은 여자도
예쁘게 보이고
꽃이 아닌 신록조차
꽃으로 보이는 달

사랑 없는 사람도
사랑을 하고 싶어 하고
한 번도 가보지 못한 나라
낯선 풍경을 보여주는 달

아이리스
아이리스
내가 드디어 올해도
너를 만나고야 말았구나!

그대의 감옥

저녁에 잠을 잘 때
예쁜 얼굴 기억에 남는 사람
열 사람이었다가
다섯으로 줄고, 다시
셋으로 줄었다가, 끝내
한 사람만 남아 그 얼굴
가물가물 지워지지 않는다면
사랑이 시작된 증거다
더구나 그의 음성 쟁쟁쟁
귀에서 떠나지 않는다면 그것은
사랑이 꽤나 깊어진 증거다
그를 붙잡아 오든지
그에게 붙잡혀 가든지
둘 중에 하나가 되어야 한다.

장독대

큰어머니네 집에 얹혀사는
계집아이 매 맞으며 울고 있다
아야 아야 아야

큰소리도 못 내고 작은 소리로
흐느껴 울고 있다

아이를 때리는 어른은
큰어머니일까 할머니일까
아야 아야 아야

엄마 없는 아이가 그렇게
꽃으로 피었다 붉은 봉숭아꽃.

공주풀꽃문학관

1

공주풀꽃문학관에 오면

누구나 키가 낮아집니다

마음도 작아집니다

당신이 바로 풀꽃입니다.

2

하필이면 왜 일본 사람들

살던 집이고

왜 이리 작은 집이냐고 물으시는군요

그래도 공주 땅에서는

가장 나이 많은 집이고

사람이 계속해서 살던 집이랍니다

지나온 나이 80살

새로 손을 보았으니 앞으로도

그만큼은 견디기 바랍니다.

한들한들

고백

사랑해주셔서 감사합니다
지구를 떠날 때
남기고 싶은 말

생각 늘 놓지 않으시어 감사합니다
지구를 떠날 때
다시 남기고 싶은 말

내가 당신한테 꽃인 줄 알았더니
당신이 내게 오히려 꽃이었군요.

하나님께

이제 내가 아픈 것은
나의 일이 아니다
하늘의 일이다

하늘이 아프므로 내가 아프고
내가 아프므로 하늘이 아프다는 것!
이것은 참으로 놀라운 굴복

하나님, 이제는
저 때문에 너무 많이
힘들어하지 마세요.

다시 11월

또다시 찬바람 분다
죽은 갈대숲 억새 숲에서
비명소리 들린다

나는 너의 몸을 갖지는 못했지만
너의 마음을 가지고
이렇게 기쁘게 떠나간다

누군가의 노랫소리 드높다.

부부 연구

부부의 가장 완벽한 자세는

등을 보이고 눕는 자세

밤마다 배반을 꿈꾸며

새로운 아침을 낳는다.

예비시인

살았을 때는 어떠한 시인도
아직은 시인이 아니다

목숨이 다했을 때
관 뚜껑을 덮을 때 비로소
그는 한 사람 시인이 된다

어디까지나 살아있는 시인은
시인이 되려는 예비시인
시인 견습생일 뿐.

삐딱함

내 고향 서천은 좀 삐딱하다

들판이 삐딱하고 산이 삐딱하고

길이며 마을조차 삐딱하다

그러니 나무나 풀, 곡식들도

삐딱하지 않을 수 없고

사람들조차 삐딱하지 않을 수 없겠다

심지어는 하늘도 삐딱하고

새소리조차 조금은 삐딱하다

어려서 그 삐딱함이 나를 길렀는데

그걸 또 아는 데는 70년이 걸렸다

지금 나는 삐딱하지 않은 동네

공주에서 40년째 살고 있다.

인생 목표

오늘날 내 인생의
구체적 목표는
욕 안 얻어먹기와
밥 안 얻어먹기

젊어서는
구름 보며 눈물 글썽이기
햇빛 따라 길 떠나기였는데
이렇게 많이 달라졌다.

4번 출구

무엇이 문제인지
두 젊은이가 마주 서서
상대방을 꼬나보고 있다
남자는 피하는 눈빛이고
여자가 쫓는 눈빛이다

애들아 무엇이 문제니?
무엇이 그리 심각한 거니?
이제 봄이 올 텐데
꽃이 피어나고 새롭게
새들도 울어줄 텐데

전철 4호선 혜화역 4번 출구
성대 앞, 거리
햇빛이 몰라보게 환해진 날.

어떤 응원

날이 어두워졌는데도 매미들은
무작정 울음을 멈추지 않는 거였다
더욱 목청을 높이면서
쌍소리를 계속 쏟아 붓는 거였다

뜨거운 여름을 더욱 뜨겁게
더욱 시원하게 달구던 매미들 울음
내게는 오히려 응원의 소리로 들렸다

아저씨 지금 뭐 하고 있는 거예요?
일어나세요 당장
일어나시는 거예요 그냥

내가 병원을 무사히 빠져나온 것은
그 여름날 매미들 응원 때문이 아니었을까?
오래 잊히지 않는다.

패키지 사랑

가장 좋은 사랑은
사랑하는 사람이
사랑하는 사람까지
사랑해주는 사랑

아내한테서 나는
그런 사랑을 배우곤 한다.

씀바귀꽃

잘 불러야만 노래이고

잘 추어야만 춤이라더냐

흥에 겨워 흥얼거리면 노래이고

제멋에 겨워 흔들리면 춤이지

손짓이며 발짓이며 몸짓이

오뉴월 나른한 햇살 아래

살래살래 가늘은 고개

흔드는 씀바귀꽃을 닮아

다가가 와락

안아주고도 싶은 마음

누이야 누이야

너는 왜 그렇게

슬픈 얼굴로 웃고만 있는 것이냐.

– 공주의 소리꾼 이걸재 아리랑 공연장에서.

그리운 시절

길이 길을 만나서
멀리, 멀리까지 가는
마음의 끝

오두막집 짓고 살았다
눈이 맑은 계집애 하나
해마다 봄을 데리고 오던 그 아이

때로는 꽃이 사람이 되기도 하고
사람이 꽃이 되기도 하던 그리운 시절

어린 처녀를 보고서도

난달래라 부르면 얼굴 붉히고

치마꼬리 휘어잡고 도망치곤 그랬다

시집갈 나이 진달래

어린 처녀 연달래

혼기 놓친 처녀 난달래

어려서 어려서

진달래 연달래 또 난달래.

10주기

한번 여행을 떠났다 그러면
한 달이고 두 달이고
전화도 편지 한 장도 없던
무심한 남편, 이성선

세계의 끝보다도 더 먼 나라로
여행을 떠난 뒤로 10년
여전히 전화도 편지 한 장도 없는
무심한 시인, 이성선

한들한들

지금도 멀리 여행 떠났거니

그리 알고 살아요

아니지요 우리가 여기서

여행 마치고 돌아가면

다시 만나게 되겠지요

어느 날 시인의

부인과 통화하면서

주고받은 이야기들.

통일, 그것은

통일, 그것은
한라산이나 백두산같이
높거나 큰 것이 아니고

동해 물이나
서해바다와 같이
깊거나 넓은 것도 아니고

다만 그것은
우리들 가슴

어머니 아버지
목메어 부르는 말 속에 있다
정다운 마음속에 숨어있다.

짝사랑

세상의 모든 사랑은 짝사랑이란 말
마음 아프다

나는 너를 보고 있는데
너는 또 누구를 보고 있는 거냐?

조금쯤 외롭고 슬프고 쓸쓸한 우리
그러나 끝까지는 불행하지 않은 우리

마음속에 짝사랑이란 꽃이라도 한 송이
오래 피어 있기에 다행이다.

변주

사랑을 가졌어요
좋은 일이지요

사랑을 하고 있어요
축하할 일이지요

세상이 대번에 달라지고
빛나기 시작할 거예요

사랑을 숨겼어요
귀여운 시절이지요

사랑을 하고 싶어요
희망이란 말의 동의업니다.

아깝다

교회 앞 비좁은 길에
높다라히 서 있던 나무
한 그루 메타세쿼이아
처음 교회를 지은 목사님이 심은 나무

40년도 넘은 어느 날
새로 부임한 젊은 목사님 그 나무
싹둑 잘라버렸다
이유는 교회 건물이 안 보이고
교회 십자가를 가린다는 것

어찌 젊은 목사님
그 나무가 바로
살아있는 교회이고
해마다 키를 더하는 또 다른
십자가인 걸 몰랐을까.

한들한들

초등학교 4학년 때 담임했던 여자아이다. 어려서부터 탁월했다. 공부를 잘했고 글을 잘 썼으며 성격이 야무지고 피아노를 잘 쳤다. 자라서 무어든 한 가지 잘 해내는 사람이 되려니 기대를 모았다.

그러나 나중에 친구 아이들한테 들으니 아니었다. 피아노를 잘 쳤지만 피아니스트가 된 것도 아니고 좋은 대학에서 영문학을 전공했지만 영문학자가 된 것도 아니고 글을 잘 썼지만 글 쓰는 사람이 되지도 않았다 한다.

다만 잡지사 기자가 되어 잠시 다니다가 좋은 남자 만나 결혼하고 나서 직장을 그만두고 그냥 아줌마로 눌러앉았다는 것이다. 아깝다. 왜 그 애는 그렇게 살까?

친구들 말로는 가끔 좋아하는 가게에 나가 손님들 앞에 피아노도 쳐주면서 한들한들 아무 불평 없이 그냥 아줌마로 잘 산다고 그랬다. 한들한들! 누군가의 삶이기도 하고 누군가의 삶이 아니기도 한 한들한들!

유독 그 '한들한들'이란 말이 오래 뒤에 남았다. 왜 나는 그 애처럼 한들한들 살지 못했을까? 몇 줄짜리 시를 쓰고서도 꼬박꼬박 이름 석 자, 끼워 넣어 세상에 날려 보내며 50년을 고역으로 버텼을까!

늦었지만 나도 초등학교 4학년 담임했던 여자 제자 아이가 피우고 있다는 그 한들한들이라는 꽃 한 송이를 따라서 피워 보고 싶은 것이다.

붉은 동백꽃 어여쁜 그리움

다시 한 번 기적처럼 가을이 찾아왔다가 서둘러 떠나는 자리. 은행나무 은행잎 무너져 내려 가슴 또한 무너져 내리던 날. 그것도 수능시험이 있던 추운 가을날.

충남 대천이 고향이라는 여고생 한별이 시린 손 비비며 혼자서 버스를 타고 그 먼 길 풀꽃문학관을 찾아왔다 그러네. 헌칠한 키에 잘생긴 얼굴. 가운데서도 초승달 짙은 두 개의 눈썹. 선하고도 맑은 눈 껌벅껌벅.

무엇이 이 처녀 아이로 하여금 이렇게 추운 날 찾아오게 했을까? 그 가슴에 일찍 피어난 붉은 동백꽃 어여쁜 그리움 그 아이를 졸라서 그렇게 한 것이 아닐까?

깊게 박힌 한 개 못인 양 오래도록 잊히지 않겠네. 아프지만 끝까지는 아프지 않게 서럽고도 예쁘게 생각 머무네. 젊고도 이쁜 꽃이여, 오래오래 지지 말거라. 혼자 맘속으로 비옵네.

2019. 2 이도형

시

나태주

마당을 쓸었습니다
지구 한 모퉁이가 깨끗해졌습니다

꽃 한 송이 피었습니다
지구 한 모퉁이가 아름다워졌습니다

마음 속에 시 하나 싹텄습니다
지구 한 모퉁이가 밝아졌습니다

나는 지금 그대를 사랑합니다
지구 한 모퉁이가 더 깨끗해지고
더 아름다워졌습니다.

3장

멀리 풍경

마음은 뜨내기
자주 집을 나가서
쉬이 돌아오지 않는다

오늘은 꺼밋한 비구름 하늘
그 아래 비를 맞고 있는
잡목림 안개 자욱
실가지 끝에서 놀고 있다

꽃이 피고 새잎 나는 날
마음아 너도 거기서
꽃 피우고 새잎 내면서
놀고 있거라.

외갓집

아무래도 외갓집이란 말에서는 쓸쓸한 느낌이 온다

가을이라도 늦은 가을날 가랑잎 갈리는 소리가 난다

외할머니라도 늙으신 외할머니 혼자서 살고 계시는 집

가릉가릉 가래 끓는 소리로 이야기책을 읽고 계신다.

하늘 아이

너 누구냐?

꽃이에요

너 누구냐?

나, 꽃이에요

너 정말 누구냐?

나, 꽃이라니까요!

꽃하고 물으며 대답하며

하루해가 짧다.

놓치는 얼굴

사람에게는 누구나
놓치는 얼굴이 있다
자기도 모르게 놓쳐서
새가 되고 돌멩이가 되고
화살이 되는 얼굴이 있다

누구의 얼굴은 놓치는 순간
순한 초식동물이 되고
누구의 얼굴은 놓치는 순간
매서운 맹금류나 육식동물의
얼굴이 되는 걸 보기도 했다

날마다 내가 놓치는 나의 얼굴은
어떤 얼굴일까?
날마다 살면서 그것이 나에게
가장 큰 문제다.

무거운 몸

두 팔과 다리를
나뭇가지 위에 걸어놓고
등과 엉덩이를 구름 위에 눕힌다
머리는 별에게, 가슴은
하늘 물소리한테 맡기면 어떨까?

몸이 조금씩 가벼워진다.

누드 흰 구름

아직은 새잎이 나지 않은

메타세쿼이아 수풀

잔가지 사이로 흰 구름

희뿌연 엉덩이며 등허리

까발린 흰 구름

메타세쿼이아 잔가지가

간지럼 먹이는지

자꾸만 몸을 뒤챈다

샤갈의 그림 속에서나 보던 하늘에

질펀히 누워 있는 누드 흰 구름

오늘 또다시 본다

사랑스러워라 어여뻐라 세상이여

이것이 이 맘이 한 해를

거뜬히 살아낼 힘을 주신다.

국수 먹어주는 사람

그 애와 앉았던 자리
그 사람과 함께 했던 자리
오늘은 혼자서 앉아
국수를 먹는다

국수는 잔치국수
크게 두 젓가락 세 젓가락에
바닥나는 가벼운 국수
나는 국물까지 후루룩
소리 내며 다 먹는다

혼자서 국수 먹을 때
쓸쓸해하지 말라고
누군가 앞자리에 함께
국수 먹어주는 사람이 있다

바로 그분이시다.

오늘의 과업

오늘도 햇빛은 나를 사랑해
나의 눈꺼풀에 머물러 잠을 깨웠고
바람은 나를 찾아와
목덜미를 쓸어주고 있으며
나 심심하지 말라고 뜨락에 붉은 꽃 피고
새들은 또 가끔 내 귀를 간질여준다

보아라!
하늘의 구름이 갈 길을 멈추고
그대를 생각하며 가슴에 품으며 그대를
이윽한 눈으로 내려다보고 있지 않은가!

그대는 오늘 누구를 위해
무슨 일을 해야 할 것인가?
주어야 할 그 무엇이 있는가?

김밥

괜스레 목이 멘다
어디론가 떠나야만
할 것 같은 조바심

칸 칸마다 고향
캄캄한 밤
별들도 떴다.

빵집

파리바게뜨 빵집에 가면
오래전에 헤어진
어린 여자아이가 있다

아직도 빵집에서
나를 기다리고 있다
빵을 팔고 있다

빵을 사 들고 나오면서 나는
어린 여자아이를
가슴에 살그머니 안아본다

말랑말랑하다
따스하다
눈을 감으면 다시 나는
어린 남자아이가 된다.

첫눈

눈도

나무 위에 내리면 꽃이 되고

길바닥에 내리면 쓰레기가 된다

오늘 아침 나는

어디에 내린 눈이

되고 싶은 거냐?

헤어진 바다

너와 헤어지고 돌아왔을 때
빈방 가득 일렁이며
퀭한 눈으로
기다리고 있던 바다

밤마다 내 꿈속을 찾아와
놀다 가곤 했다.

그냥

어떻게 살았어?

그냥요

어떻게 살 거야?

그냥요

그냥 살기도

그냥 되는 것만은 아니다.

제주도에서

죽었다 다시 살아나서

더 바빠졌습니다

망가진 뒤에

더 좋아졌습니다

목사님이 물었을 때

문득 대답했지요.

음악

네 마음을 풀잎 위에 놓으라
바람이 흔들어줄 것이다

네 마음을 강물 위에 던지라
물결이 데리고 갈 것이다

네가 바라는
안식과 평화, 그 나라로

네 마음을 노래 위에 맡기라
고요히 춤사위를 보일 것이다.

고향

그곳에서 태어난 한 사람은
얼른 자라서 그곳을
떠나고 싶어 했지만
그곳에서 태어나지 않은 한 사람은
어른이 되면 기필코
그곳에서 살겠다고 소원을 세우고
끝내 그곳에서 사는 사람이 되었다

고향이란 바로 그런 것이다.

돌멩이

지구 위에서 나보다 오래 산 놈

새였을까? 물고기였을까?

가끔은 눈을 부라리며

내 발부리를 걷어차기도 한다.

국화

꽃 보고 싶은 마음

가을에도 죽지 않아서

단풍조차 꽃으로 보이는 날

그 날을 기념하여

그대 오셨구려

가을날에 오직 한 분

어여쁜 분이여.

지구와 여행

생애 말기의 별인 지구
인생 말기 인간인 나
아침에 잠에서 깨어나면 서로
인사를 나눈다

아직 별일 없는가?
네 아직은 아무 일 없습니다
그럼 오늘도 떠나보세
그러시지요

지구는 나에게로
여행을 떠나오고
나는 또 하루치기
지구로 여행을 떠난다.

하나님의 일

하나님의 일을

걱정하는 사람이 있다

예전에는 나도 하나님의 일을

많이 걱정하는 사람이었다

하나님의 일은 무엇인가?

나를 살게 하고 나를 웃게 하고

나를 울게 하고 또 숨 쉬게 하는 일이다

나는 이제 하나님의 일을

걱정하지 않는다

나의 일은 다만 너를 사랑하는 일

그리고 너한테 사랑을 받는 일

오늘 날이 조금 흐리고 몸이 아파도

나는 내 일만을 걱정한다.

1월의 햇빛

1월이라도 초순
며칠 눈이 내리고 개인 날
오후에 비치는 햇빛은
서럽기도 하고 애달프기도 하고
눈부시기도 하여라

하루를 잘 살고 죽는 목숨
소나무의 산에도 비치고
내 집 작은 쪽창에도 비치고
내 흐린 눈썹에도 비치는
조그만 축복이여 안식이여

이 햇빛 속에는 1년을 잘 버텨낼

끈기와 용기와 인내가

담겨 있으리니

어딘가 눈과 얼음 밑에서

일어서는 여리고도 사랑스런 초록빛

새싹이 숨 쉬고 있으리니

다만 고맙고 고마우셔라

조금만 더 참고 견뎌라.

좋은 아침

내가 세상한테 필요한
사람이라고 생각해보자
눈물이 날 것이다

내가 세상한테 사랑받는
사람이라고 생각해보자
더욱 눈물이 날 것이다

아침에 문득 받은 전화 한 통
핸드폰 문자 메시지 한 구절이
우리에게 좋은 세상을 약속한다

나는 당신에게 필요한 사람!
당신은 내가 사랑하는 사람!
그렇게 말해보자.

나태주

내 이름은 나태주
평생 동안 자동차 없어
버스 타고 택시 타고
KTX 타고 전국으로
문학 강연 다니며
사람들에게 농을 하기도 한다
이름이 나태주라서 자동차 없이도
잘 살아간다고
나태주, '나 좀 태워 주세요'
그래서 사람들이 잘 태워준다고.

신달자

세종시청 시민용 자전거 대여 판매업소 이름이
'신나게 달리는 자전거'
그 위에 큰 글씨로 '신 달 자'
어라! 내가 아는 신달자 시인 이름이
여기 쓰여 있네
그렇구나 '신나게 달리는 자전거'
그것이 날마다 우리들 인생
그랬으면 얼마나 좋을까?

어버이 주일

꽃 같네

웃는 얼굴인데
눈에는 눈물이 그렁그렁

금방이라도
굴러떨어질 듯

세상 어디에도 없는
귀하신 보석.

경북식당

40년 가까운 단골식당

재래시장 안에 순댓국밥집

뜨내기 길손들한테

잔술도 판다

잔술 먹고 취해서

잔소리하는 손님들

철없는 잔소리까지도

군말 없이 받아준다.

모성

민들레
꽃대궁
호호 멀리
깃털 씨앗
보내고

민둥머리
꽃대궁
보일 듯
말 듯
바람에

흔들리는
어머니
안쓰러워라
어머니
그 마음.

저문 날

날 저물어 어둑어둑한 골목길
웬 낯선 남자 어린아이의 목소리가
할머니! 소리쳐 부른다

어, 우리 어진이가 와서
저의 할머니를 부르고 있구나!
아닌 줄 뻔히 알면서도 저린 가슴

어미 잃은 손자라 그런 걸까?

슈퍼문

달빛이 너무 좋더니 그만
일을 저지르고 말았다
좋은 사람 하나 데리고 가버렸다

벼랑 위에서 가볍게 뛰어내린 사람
사람을 뛰어내리도록 만든 달빛
어디선가 늑대가 울고 홀리듯
여우도 울었어야 했는데

아무런 기척도 없이
달빛만 흐느끼도록 밝고
감쪽같이 사람만 하나
달빛이 데리고 간 것이다

몇 년 만에 처음 보는 슈퍼문이라고
사람들 입을 모았다.

여름 산책

적어도 나는

새들처럼 모이를 쪼고

높은 가지 열매를 딸 수는 없지만

새들이 마신 공기를

함께 마실 수 있다

적어도 나는

나무들처럼 구름과 이야기하고

별들과 악수할 수는 없지만

나무들이 쪼이는 햇볕을

더불어 쪼일 수 있다

한들한들

이것이 내가 사는 시골동네

공주에서도 구석진 금학동

수원지 마을에서 사는

기쁨이고 행복

아내와 산책하며 느끼는 것들

새들아 고마워

오늘 아침에도 나를 깨워주고

나무들도 고마워

저녁 시간에도 너희들

내 곁에 있어줄 것을 믿기에.

한 글자 차이

모처럼 한약을 끓여주면서 아내는
농약을 먹으라고 말한다
한약과 농약은 한 글자 차이

글자 한 자가 생명을 살리기도 하고
죽이기도 한다
아니지 농약도 벌레만 죽이고
농작물은 살리지

그렇다면 아내가 농약이라고 말하는
한약은 내 몸속으로 들어가
무엇을 죽이고 무엇을 살릴 것인가!

살리고 죽이는 일이
날마다 이렇게 어렵다.

계란 후라이

10년 이장 출신 아버지는
이른 아침마다
동네 한 바퀴를 돌고 와서는
건너마꿀 이 선생이 부럽다고 말하곤 했다

이 선생은 식구들도 여럿인데
학교 출근할 때마다 마루에서
부인한테서 계란 후라이를 하나씩 받아먹더라고
당신도 계란 후라이를 먹는 것이 소원이라고
이슬에 젖은 신발을 벗으며 말씀하곤 했다

계란 후라이
계란 후라이 같은 이야기
정말로 그런 좋은 시절도 있었다.

세상의 길

집에서 문화원, 풀꽃문학관까지 가는 길은
내리막길
페달을 밟지 않아도 가볍게 자전거가 굴러간다
세상 속으로 들어가는 길
이 얼마나 유쾌한 길인가
고마운 일인가

저녁에 집으로 돌아가는 제민천 길은
오르막길
자전거 기어 1단을 놓고 비벼도
힘이 부친다
하루를 잘 살고 쉬러 가는 길
당연한 일, 좋은 일이다

그 또한 세상의 길이다.

새들목

강물이 때를 맞춰 맑아지고
하늘이 또 따라서 고요해지는 것인지

새들목, 새들이나 들어와
쉬었다 가라고 새들목

공주 스치는 금강
강물 한가운데 생긴 나무 섬

새로 새잎 나는 활엽수 잡목림
연둣빛 그림자 거꾸로 비칠 때

내 마음도 따라서 거꾸로 비추고
맑은 물 고요한 하늘 본받고 싶어 한다.

새가 되어라

1

날아올라라 인간의 마음이여
날아올라 그대도 새가 되어라
바람 되고 햇살 되고 창공이 되고
드디어 하늘 파랑이 되어 남거라

더러는 하늘의 비의(秘意) 훔쳐내어
통영 앞바다 쪽빛을 이루고
고깃배를 만들고 판잣집을 만들고
파도, 방파제를 놓아라

그리하여 드디어 인간의 마을
따스한 등불이 되고
가난한 마음들 화평이 되고
고요한 황홀, 승리 되어라.

2

물 맑고 바람 맑은 통영

햇빛 고운 통영

하늘 보며 바다 보며

붓 한 자루 꼬나잡고

오래오래 놀던 노친네 한 분

이제는 하늘나라로 이사가

다시금 어린아이 되어

붓 한 자루 부여잡고

놀고 계시겠네.

– 전혁림 화백님 그림에 부쳐.

축하해요

날마다 반복되는 하루하루 그날이 그날

지루하기도 하고 짜증도 나고

그래서 때로는

어디론가 탈출하고 싶을지도 몰라요

그러나 당신, 큰 병에 걸려 병원에 오래

갇혀서 사는 사람이라 생각해봐요

기약 없는 여행길 떠나 먼 나라

흰 구름으로 떠돈다고 생각해봐요

한들한들

얼마나 지금 그 평범한 일상으로

돌아오고 싶겠어요?

날마다 그럭저럭 보내는

그 날이 그 날인 날로 돌아오고 싶겠어요?

축하해요! 축하해요!

당신의 하루하루

아무 일도 없는 무사한 날들을 축하하고

평상의 작은 시간들을 축하해요.

서울 사람

서울 사람은 시골 내려와도 밥 사지 않고
시골 사람 서울 올라가도 밥 사지 않는다
서울사람이라는 이유 하나만으로 그런다
딸아, 너는 그런 서울 사람 되지 말아라
밥 사지 않고 차도 사지 않는
서울 사람 되지 말아라
너도 글 쓰는 사람 서울 사람 아니더냐!
내 딸이 귀먹은 욕 얻어먹는 사람이면 쓰겠냐!

골목 여행

아침 골목길에서 아이들
꺾어가지고 놀다가 버린
샛노랑 민들레꽃 대궁 두 개

저녁 무렵 가 보았더니
어느새 꽃 피우는 일을 마치고
깃털 씨앗 소복하게 만들어
멀리멀리 날려 보내고 있는 거라!

오, 눈물겨워라 저 사랑
생명의 거룩한 저항
이 봄에 나는 골목길에서
성화 한 장면을 보아내고 말았다.

안부

고등학교 다닐 때 한 여학생한테 혹하여 자주 우울하고 자주 서러울 때. 혼자 찾아가 서성이곤 하던 벚나무 아래. 학교 뒤뜰 안 후미진 곳. 3년 내내 말 한마디 건네지 못하고 지켜보기만 하다가 학교를 졸업하고 말았는데 지금은 모교도 없어지고 그 자리 다른 학교가 들어서고 다만 올해도 봄이 와 만개한 벚꽃들 환한 벚꽃 송이 팔뚝에 매달고 멀리 나에게 악수를 청한다. 자네도 그동안 많이 변했네 그려. 아직도 살아남은 것만이라도 고맙지 뭔가. 50년도 넘는 시간의 강물을 건너 오직 변하지 않은 친구 하나 나에게 눈짓으로 안부를 전한다.

한들한들

일생

사람이 한평생 살면서 가장
중요한 과업 가운데 하나는
자기 자신을 용서하고
가족들과 화해를 이루는 일

더하여 배우자한테
믿음을 얻고
자녀들한테 존경을 받는다면
그 이상 바랄 것이 없겠지

이런 것 하나 알기에도 나는
일생이 부족했다.

너무 외로워 마세요

너무 외로워 마세요

당신 혼자라고 너무 많이 외로워 마세요

언제든 당신 옆에 누군가

숨 쉬고 있다고 생각하고

당신 등 뒤에서 누군가 당신을 위해

기도하고 있다고 믿으세요

너무 서러워 마세요

작은 일로 너무 많이 서러워 마세요

다른 사람들 당신에게

섭섭하게 대해주면 오히려

당신이 다른 사람에게 섭섭하게

대해주지 않았는지 살펴볼 일입니다

너무 힘들어하지 마세요

지금 당신의 일로 너무 많이 힘들어하지 마세요

모든 좋은 일에 끝이 있듯이

아무리 어려운 일 어두운 일에도

언젠가는 다할 날이 있음을

부디 믿고 의심하지 마시기 바라요

더러는 발길 멈추고 고개를 들어

드넓은 하늘을 우러르고

흐르는 구름 스치는 바람을 느낄 일입니다

더러는 당신 가슴 안에 그리움의 강물 하나

불러들여 멀리 흐르게 하고

그 강물을 따라가 보기도 할 일입니다.

꽃그늘 아래

지난해 봄

마곡사 꽃 보러 내려오셨을 때

외출 중이라 뵙지 못해

많이 섭섭했는데

또다시 봄 오면 같이 꽃을 보자 그랬었는데

정작 봄이 와 꽃이 피니

선생님 하늘나라 꽃 보러 먼저

먼 길 떠나셨네

선생님, 먼저 가서 하늘나라 꽃구경 많이 하고 계셔요

저는 이 땅의 꽃들 조금 더 구경하고

뒤따라가겠습니다

서울삼성병원 장례식장 뜨락

활짝 몸을 연 살구나무 꽃그늘 아래.

— 水然 朴喜璡 선생 상가에서.

2015. 5. 16 이경희

멀리서 빈다

나태주

어딘가 내가 모르는 곳에
보이지 않는 꽃처럼 웃고 있는
너 한 사람으로 하여 세상은
다시 한 번 눈부신 아침이 되고

어딘가 네가 모르는 곳에
보이지 않는 풀잎처럼 숨쉬고 있는
나 한 사람으로 하여 세상은
다시 한 번 고요한 저녁이 온다

가을이다. 부디 아프지 마라!

4장

보리밥으로서의 시

내가 처음 공주로 학교를 옮겨 교직 생활을 하던 때의 일이다. 아무래도 고향 서천에서 그대로 머물러 산다면 이도 저도 안 될 것만 같아서 일생일대 용단을 내려 직장을 옮긴 곳이 공주였다. 공주는 내가 고등학교를 다닌 도시로서 청소년 시절부터 공주에 와서 사는 것이 나름대로 하나의 소원이다시피 했던 곳이다.

옮긴 학교는 공주교대 부설초등학교. 1979년. 세 살짜리 아들아이와 갓난 딸아이를 둔 이미 서른넷 중년의 사내였다. 초등학교 선생이 되어 시 쓰는 일만 열심히 했지, 선생 노릇은 제대로 하지 않아 교직 성장이 늦었는데 그걸 좀 해보려고 노력하며 살던 때였다.

당시 공주에는 나의 은사님들이라든지 문단의 선배들이 많았다. 그분들을 도우면서 열심히 문단 활동도 해나갔다. 언제든 앞장서는 일꾼이 필요한 세상. 그래서 앞장서는 일꾼이 되고자 했다. 자연스럽게 어른들과 어울리는 기회가 많았고 크고 작은 문단 행사에 심부름을 주로 맡았다.

그러던 어느 날의 일이다. 나보다 몇 해쯤 선배 되는 사람 하나가 나를 보더니 정색을 하면서 말하는 것이었다.

"이봐 나 선생, 내가 보기로 나 선생은 아무래도 보리밥인데 왜 공주에 와서 쌀밥 행세를 하고 그래?"

그것은 강력한 비난이고 비아냥이고 인격 모독이었다. 나더러 보리밥이라고? 그런데 쌀밥 행세한다고? 그런 뒤로 나는 오랫동안 보리밥과 쌀밥에 대해서 생각을 하게 되었다.

예전 우리가 어렸을 때는 미역국에 쌀밥 한 그릇 말아먹는 것이 최상의 음식이었다. 그만큼 쌀밥이 귀했고 그립던 시절이 있었다. 그런데 요즘은 어떤가? 사람들 사는 형편이 달라지고 음식도 기능성이 되고 특성화되어 보리밥도 특별대우를 받는 세상이 되었다. 어떤 경우에는 일부러라도 찾아 먹는 음식이 되었다.

내가 보리밥이라고? 보리밥이면 어떤가. 보리밥이라도 제대로 보리밥 노릇만 하면 되는 일이 아닌가. 그 뒤로 내 생각은 많이 달라졌다. 보리밥. 일단 좋다. 보리밥으로 열심히 사는 거다. 내가 언제 쌀밥 흉내 낸 적이 있었던가. 언제나 나는 마이너였고 촌놈이었고 지극히 작은 자였다. 소수파였다. 아니나는 언제나 그냥 나였을 뿐이다. 그것으로 만족하고 보람을 갖는다.

시인들도 마찬가지다. 우선 자기가 보리인지 쌀인지 알아야 한다. 나아가 밀인지 기장인지 수수인지, 그것도 아니면 팥이나 콩인지 헤아려 알아야 한다. 그런 뒤에 자신의 본분에 충

실해야 한다. 그러할 때 좋은 시가 써진다. 아니 자기다운 시
가 나온다. 거짓 없는 시다. 진정성이 있는 시다. 그럴 때 감
동이란 것도 더불어 보장될 것이라고 본다.

　언제나 나의 시는 보리밥으로서의 시다. 그건 앞으로도 그
럴 것이다. 쌀밥의 시가 휩쓰는 세상에 보리밥의 시로서 일관
할 수 있었다는 건 그것 자체로서 한 성과이고 보람이고 배
짱이라 할 것이다. 나의 시가 조금이라도 성공했다면 그것은
보리밥의 시를 일관한 가운데 어떤 대목의 시가 남았기 때문
일 거라고 스스로 생각한다.

시한테 진 빚

사람은 누구나 자기 자신이 다른 사람들에게 좋은 사람으로 비치기를 원한다. 그래서 외향을 꾸미고 체면을 차리고 때로는 가면을 쓰기까지 한다. 나란 사람은 체구가 작고 성격이 소심하고 나약한 편이기 때문에 얼핏 다른 사람들에게 괜찮은 인상 내지는 별로 경계하지 않아도 좋은 사람으로 비칠 수 있다.

과연 나는 괜찮은 사람일까? 젊은 시절 나는 무조건 나 자신이 괜찮은 사람이라고 생각하면서 살았다. 어쩌면 그건 스스로 당연한 일이고 미리 결정 내려진 일이었다. 그래서 일이 잘 안 되거나 문제가 생기면 그것은 오로지 내 탓이 아니라 남의 잘못이라고만 핑계 삼는 경향이 있었다.

대개 체구가 왜소하고 심약한 사람이 갖는 성격적 특성은 강자에게 약하고 약자에게 강한 성격이다. 그건 나도 마찬가지다. 살아남기 위해서 그랬을 것이다. 선생을 하면서도 사회생활이나 가정생활 가운데서도 늘 당당하지 못하고 의연하지 못했다. 조금은 비겁하기조차 했다.

타인에 대한 진정한 배려가 부족했고 독단적인 생각이나 행동이 많았다. 특히 가까운 사람, 친한 사람, 임의로운 사람에게 더욱 그랬다. 어려서는 외할머니한테 그랬고 선생을 하면서는 아이들한테 그랬고 결혼하고 나서는 아내나 자식들에게 그랬다. 참으로 후회스러운 일이고 부끄러운 일이다.

나만 아는 나, 내 안의 나는 결코 좋은 내가 아니고 당당한 내가 아니다. 정직한 나도 아니고 공평무사한 나도 아니다. 지극히 편견이 심하고 아집이 강하고 이기적인 인간이다. 요즘 와서 측은지심이니 케어니 그런 말을 자주 하지만 역시 그쪽의 마음이 제대로 된 인간도 아니었다. 그렇다면 그러한 나를 위하여 나는 어떠한 노력을 하면서 살았던가?

그것은 좋은 시 읽기다. 좋은 시를 골라 읽음으로 자신의 내면의 어둠을 밝히고 비뚤어진 부분을 바로잡을 수 있었다. 정말로 좋은 시를 읽으면 바른 마음이 생기고 어두운 마음이 조금씩 밝아지고 삶에 대한 욕구도 생긴다. 그동안 살아오면서 만약 나에게 이러한 시 읽기마저 허락되지 않았다면 나는 어떤 인간이 되었을까?

지금보다 더욱 형편없는 인간이 되었을 것이 분명하다. 좋은 시 읽기는 내 마음의 평형을 잡는 일이었고 내 마음을 청소하는 일이었고 스스로 바르게 살아보려는 출구를 찾는 일이기도 했다. 살아오면서 시한테 진 빚이 많다. 고마운 일이다. 감사한 일이다.